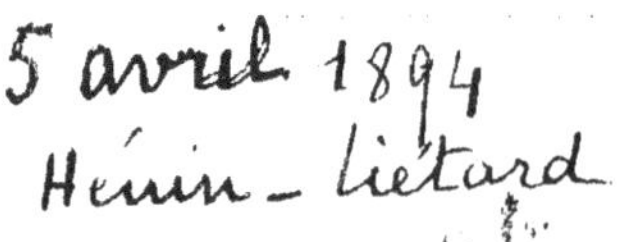  

AF356127

COLLECTIONS DANCOISNE

VENTE

AUX ENCHÈRES PUBLIQUES

Par suite du décès de **Monsieur DANCOISNE** père,
Notaire honoraire à Hénin-Liétard

DE TOUT UN MOBILIER

COMPRENANT UNE

IMPORTANTE BIBLIOTHÈQUE

se composant de quantité d'ouvrages ayant trait spécialement aux provinces
et aux villes de Flandre et d'Artois

BELLE COLLECTION DE MÉDAILLES ANCIENNES

BELLE COLLECTION D'AUTOGRAPHES

TABLEAUX ANCIENS & MODERNES

de Jean Bellegambe, Jules Breton, Emile Breton, de Vigne,
de Winne

GRAVURES ET LITHOGRAPHIES

PORCELAINES et FAIENCES, OBJETS DIVERS

*Meuble de salon en acajou, meubles anciens, glaces anciennes, très belle pendule
marquetée d'écailles et de cuivre exécutée par Jean Pausier, médailliers en
marqueterie, bois sculptés, porcelaines et faïences anciennes, coupes en
porcelaines de Sèvres et du Japon.*

ARGENTERIE

DOUAI
IMPRIMERIE L. DECHRISTÉ PÈRE
RUE JEAN-DE-BOLOGNE, 1
— 1894 —

COLLECTIONS DANCOISNE

VENTE

AUX ENCHÈRES PUBLIQUES

Par suite du décès de **Monsieur DANCOISNE père,**
Notaire honoraire à Hénin-Liétard

DE TOUT UN MOBILIER

COMPRENANT UNE

IMPORTANTE BIBLIOTHÈQUE

se composant de quantité d'ouvrages ayant trait spécialement aux provinces
et aux villes de Flandre et d'Artois

BELLE COLLECTION DE MÉDAILLES ANCIENNES

BELLE COLLECTION D'AUTOGRAPHES

TABLEAUX ANCIENS & MODERNES

de Jean Bellegambe, Jules Breton, Emile Breton, de Vigne,
de Winne

GRAVURES ET LITHOGRAPHIES

PORCELAINES et FAIENCES, OBJETS DIVERS

Meuble de salon en acajou, meubles anciens, glaces anciennes, très belle pendule marquetée d'écailles et de cuivre exécutée par Jean Pausier, médailliers en marqueterie, bois sculptés, porcelaines et faïences anciennes, coupes en porcelaines de Sèvres et du Japon.

ARGENTERIE

Cette Vente aura lieu, à Hénin-Liétard, au domicile de M. Dancoisne père,
les **Jeudi 5, Vendredi 6** et **Samedi 7 Avril 1894,** par le ministère de
Me BUTRUILLE, notaire à Hénin-Liétard, et de **Me CRÉPIN,** notaire à
Carvin.

Exposition particulière: Lundi 2 et Mercredi 4 Avril 1894, de une heure à quatre heures.

S'adresser, pour visiter, à **M. Louis WYTS,** *à Hénin-Liétard,*
et à **Me BUTRUILLE,** *notaire.*

<h1 style="text-align:center">CONDITIONS DE LA VENTE</h1>

Elle sera faite au comptant.

Les acquéreurs paieront 10 0/0, en sus des adjudications, applicables aux frais.

———

Les notaires, chargés de la vente, se réservent la faculté de réunir ou diviser les lots.

———

En cas de contestation sur une enchère, l'objet sera immédiatement remis en vente.

———

La Bibliothèque, la Collection de Médailles et la Collection d'Autographes seront vendues chacune en bloc.

———

<h2 style="text-align:center">ORDRE DES VACATIONS</h2>

Le JEUDI 5 AVRIL, de 9 heures à midi ~~et de 2 heures à 6 heures~~ : Bibliothèque, Médailles et Autographes.

et de 2 à 6 heures : Tableaux anciens et modernes, — Gravures et lithographies, — Meubles, — Porcelaines et faïences, — Objets divers.

Vendredi 6, de 9 heures à midi et de 2 heures à 6 heures : Suite des Objets divers, — Argenterie, — Meubles.

Samedi 7, s'il y a lieu : les objets qui n'auraient pu être soumis aux enchères.

———

Pour tous renseignements et demandes de catalogues, s'adresser à Mes BUTRUILLE *et* CRÉPIN, *notaires.*

1° # BIBLIOTHÈQUE

se composant de quantité d'ouvrages ayant trait spécialement
aux provinces et aux villes de Flandre et d'Artois

2° ## COLLECTION DE MÉDAILLES ANCIENNES

3° ### COLLECTION D'AUTOGRAPHES DE PERSONNAGES CÉLÈBRES

TABLEAUX

4. **Jean Bellegambe.** — Volet diptyque, cintré du haut,
provenant de l'ancienne Abbaye d'Hénin-Liétard. Il est
peint d'un seul côté sur un panneau de chêne de 0,93 centimètres de hauteur sur 0,38 de largeur; c'est l'œuvre de
Jean Bellegambe, le grand peintre douaisien, surnommé
le maître des couleurs. Ce tableau représente *le Christ
descendu de la Croix,* étendu sur les genoux de sa Mère,
avec la tête soutenue par saint Jean. Derrière, sont trois

saintes femmes ; plus loin, s'élève la Croix contre laquelle est une échelle ; puis le Saint Sépulcre et un paysage. (Bois H. 0,92, L. 0,37.)

5.   Second volet de diptyque, qui provient aussi de l'Abbaye d'Hénin-Liétard ; a été peint, comme le premier, par Jean Bellegambe, sur un semblable panneau de chêne. C'est une grisaille, avec chairs colorées, qui a pour sujet : *Jésus au milieu des Docteurs,* dans un temple, en beau style de la Renaissance. L'Enfant-Dieu commente en chaire la loi divine avec les Docteurs. A l'entrée, se voit sa Mère inquiète, que saint Joseph retient. (Bois H. 0,92, L. 0,37.)

6.   Triptyque peint sur bois, avec volets à double face. Au milieu, *la Vierge tenant l'Enfant Jésus dans ses bras,* copie exacte du célèbre tableau de *Notre-Dame de Cambrai.* Dans l'encadrement, surmonté d'un fronton, on lit : MARIA MATER GRATIÆ, MATER MISÉRICORDIÆ TU NOS AB HOSTE PROTEGE ET HORA MORTIS SUSCIPE. Tableau historique concernant le siège de Cambrai en 1657. Les volets représentent : d'un côté, sainte Madeleine et sainte Ursule ; de l'autre, saint Joseph et saint Antoine.

7.   **Jules Breton.**—Petit tableau du premier temps du grand peintre : *Promenade au Luxembourg.* Sous l'ombrage d'un arbre, groupe de trois jeunes personnes assises, l'une lisant une lettre aux autres. Au fond, dans l'ombre, jeune couple en conversation.—Toile signée et datée 1848. (H. 0,38, L. 0,28.)

8. **Emile Breton.**— *Paysage. Effet de soleil couchant.* Au centre, un cours d'eau traverse un pâturage ; un homme, assis au pied d'un saule, pêche à la ligne. — Toile signée et datée de 1862. (H. 0,57, L. 0,79.)

9. **Emile Breton.**—*Fruits et Poisson.* Un brochet, une poissonnière en cuivre, des pommes et des oignons. — Toile signée et datée 1861. (H. 0,33, L. 0,50.)

10. **Emile Breton.**—*Poissons et Légumes.* Deux merlans, des navets et autres légumes dans un plat, auprès d'une casserole en cuivre jaune, le tout sur une table de cuisine. — Toile signée et datée 1861. (H. 0,33, L. 0,50.)

11. **De Winne (Lucien).**— Dans une cuisine, décorée de carreaux bleus historiés, se voit, sur une lourde table, un grand chaudron, près duquel sont un chou rouge, choufleur, poireau, carottes et oignons. Belle nature morte, largement peinte, la seule que cet éminent artiste ait peinte. — Toile signée et datée 1850. (L. 0,63, H. 0,53.)

12. **De Vigne (Félix),** premier maître de Jules Breton. — *Le Comte de Flandre et d'Artois, Philippe le Bon, devant le portail de la basilique d'Hénin-Liétard, où il gracie des bannis dont les femmes l'implorent à genoux.* (H. 0,40, L. 0,36.)

13. **De Vigne (Félix).**—*Le Comte d'Artois, Robert II, en son château de Lens, où il réunit les principaux barons dans*

un banquet, la veille de la bataille des éperons d'or.
Ce tableau peut former pendant avec le précédent.

14. **De Vigne (Félix).**—*Chasse au Faucon,* en été, au moyen
âge, site pris sur les bords du Rhin, non loin d'un vieux
château-fort élevé sur une montagne. (H. 0,40, L. 0,32.)

15. **De Vigne (Félix).** — *Chasse au Sanglier,* en hiver, au
moyen âge, dans le même site. Ce tableau est peint sur
bois, comme le précédent, avec lequel il fait un pendant
très beau et fort curieux. (H. 0,40, L. 0,32.)

16. **Auteur inconnu.**— Tableau représentant *une Bataille.*
Des cavaliers forcent un pont pour prendre l'entrée d'une
ville. (H. 31, L. 40.)

17. **Auteur inconnu.**— *Notre-Dame de Cambrai.* Copie de
ce célèbre tableau miraculeux.

GRAVURES

LITHOGRAPHIES & PHOTOGRAPHIES

18. *Illusions perdues,* belle gravure encadrée. (H. 55, L. 75.)

19. *La Tricoteuse,* lithographie encadrée.—Envoi autographe de l'auteur J. Breton.

20. *Les Moissonneuses,*   id.   id.

21. *La Bénédiction des Blés,*   id.   id.

22. *La jeune fille de Courrières,* id.   id.

23. Photographie encadrée, d'un tableau de J. Breton.—Envoi autographe signé.

MEUBLES

24. Beau cabinet à couvercle plat, en bois d'ébène, de la seconde moitié du XVIIᵉ siècle, fermant à deux panneaux dont l'intérieur présente deux peintures : l'une, *le Baptême du Sauveur*, et l'autre, *Jésus en Jardinier*. Ce curieux meuble repose sur quatre pieds tournés; c'était celui où l'Abbaye d'Annay (près de Lens) renfermait ce qu'elle avait de précieux. (H. 1,45, L. 0,79.)

25. Beau médaillier en marqueterie à deux compartiments. (H. 1,75, L. 0,25.)—A appartenu à Mᵐᵉ la Duchesse de Berry.

26. Un autre beau médaillier de l'époque Empire. (H. 1,50. L. 0,68.)

27. Belle table à jeu en marqueterie.

28. Coffre en chêne, garni de ferrures. (Coffre aux titres du corps de métier des hosteliers et cabaretiers de la ville de Douai), 1706.

PORCELAINES & FAIENCES

29.   Soupière et 9 assiettes creuses (Faïence d'Arras).

30.   14 assiettes en porcelaine décorée (Limoges).

31.   Grande coupe hémisphérique en porcelaine de Chine.

32.   Grande et superbe coupe en vieux Japon de la famille verte, de la plus belle époque et très bien conservée. Elle est montée sur un riche piédouche en bronze doré, orné de branches de lierre, d'une heureuse originalité. Objet de grande valeur, sorti de la maison Truc, de Paris.

33.   Deux belles et riches coupes en porcelaine de Sèvres, fond bleu pâle, avec sujets Watteau très joliment peints; monture bronze doré.

34.   Grande et belle corbeille ovale en porcelaine dorée , soutenue par deux amours en biscuit sur un large pied doré. (Style Empire).

OBJETS DIVERS

35. Belle pendule (genre Boule), avec incrustations de cuivre doré et d'écailles, mesurant avec son pied 1^m,12^c; elle est du milieu du règne de Louis XIV. Une Victoire ou Renommée en bronze doré la surmonte. C'est l'œuvre du parisien Jean Pausier dont elle porte le nom sur le cadeau.

36. Deux appliques, en cuivre doré, de l'époque Louis XV. Chacune d'elles est ornée d'un joli buste Pompadour et porte deux branches à lumières, contournées et ciselées.

37. Quatre patères en cuivre ciselé.

38. Glace de l'époque Louis XIV, dont le cadre en bois doré porte des ornements aux angles; elle est surmontée d'un fronton gracieux. (H. 1,30. L. 0,64.)

39. Glace ovale Louis XV. Encadrement doré sculpté. (H. 1,08. L. 0,47.)

40. Paire de jolis chandeliers de l'époque du Consulat. Ils se composent de trois figures égyptiennes dorées supportant un vase. Elles sont réunies par un entourage de lave.

41. Paire de flambeaux de l'époque Louis XVI, ciselés et dorés.

42. Grand vidrecome avec son couvercle.

43. Sculpture en bois, du XVe siècle, bien remarquable et fort bien exécutée. Ce groupe représente la bénédiction de Jehan Breton, trente-troisième abbé du monastère d'Hénin-Liétard (1456), donnée, par l'abbé d'Arouaise, en présence de l'Evêque d'Arras.

44. Très beau Christ en bois tendre, haut de 0,40 centimètres, œuvre remarquable très finement exécutée; malheureusement les bras et les pieds manquent. Travail du XVIIe siècle, provenant de l'ancienne Abbaye de Chocques, près Béthune.

45. Petit groupe, en chêne sculpté, représentant la Sainte Famille.

46. Belle statue en pierre blanche, de Fénelon, par S. V. Bougron. Elle mesure 0,95 centimètres et a figuré avec avantage, sous le numéro 2040, à une grande Exposition.

47. Vestale de bronze, hauteur 0,20 centimètres, présentant une patère. Fort belle statuette, imitant l'antique, de l'époque François Ier.

48. Fronton de glace sculpté et doré, fort remarquable.

49. Cire représentant un groupe de trois personnages en médaillon.

50. Grand médaillon, en bronze, du portrait de Marceline Desbordes, exécuté, en 1832, par David d'Angers.

51. Médaillon, en bronze, du portrait de Merlin, de Douai, fait, en 1833, par David, d'Angers.

52. Grand médaillon, en bronze, du buste de Mionnet, conservateur-adjoint du Cabinet des Médailles de la Bibliothèque, exécuté, en 1829, par Depoulis.

53. Petit tableau, reliquaire ancien.

54. Petite pendule en albâtre sculpté.

55. Belle paire de vases, fond vert, couronne et anses dorées, avec médaillon brun, peinture fine au centre, sur socle.

56. Belle paire de vases, sur socle, bois doré, représentant scène chinoise.

57. Petit tableau, représentant *la Descente de Croix*, plomb. (H. 0,20, L. 0,15.)

58. Petit tableau représentant *la Descente de Croix*, peinture sur cuivre. (H. 0,42, L. 0,30.)

59. Sous ce numéro, quantité d'objets seront vendus au commencement des premières vacations.

ARGENTERIE

60.   Neuf cuillers;—six fourchettes;—une louche, marquée
J B ; — cinq cuillers à café, marquées D D ; — six cuillers à
café, sans marque ; — douze services à filets, marqués D D ;
— six services à filets, marqués D D ; — douze cuillers à café,
marquées DD ; — sucrier argent et cristal; — huilier; —
cuiller à sucre, marquée D D ; — truelle à poisson, marquée D D.

Douai. — Imprimerie L. Dechristé, rue Jean-de-Bologne, 1.